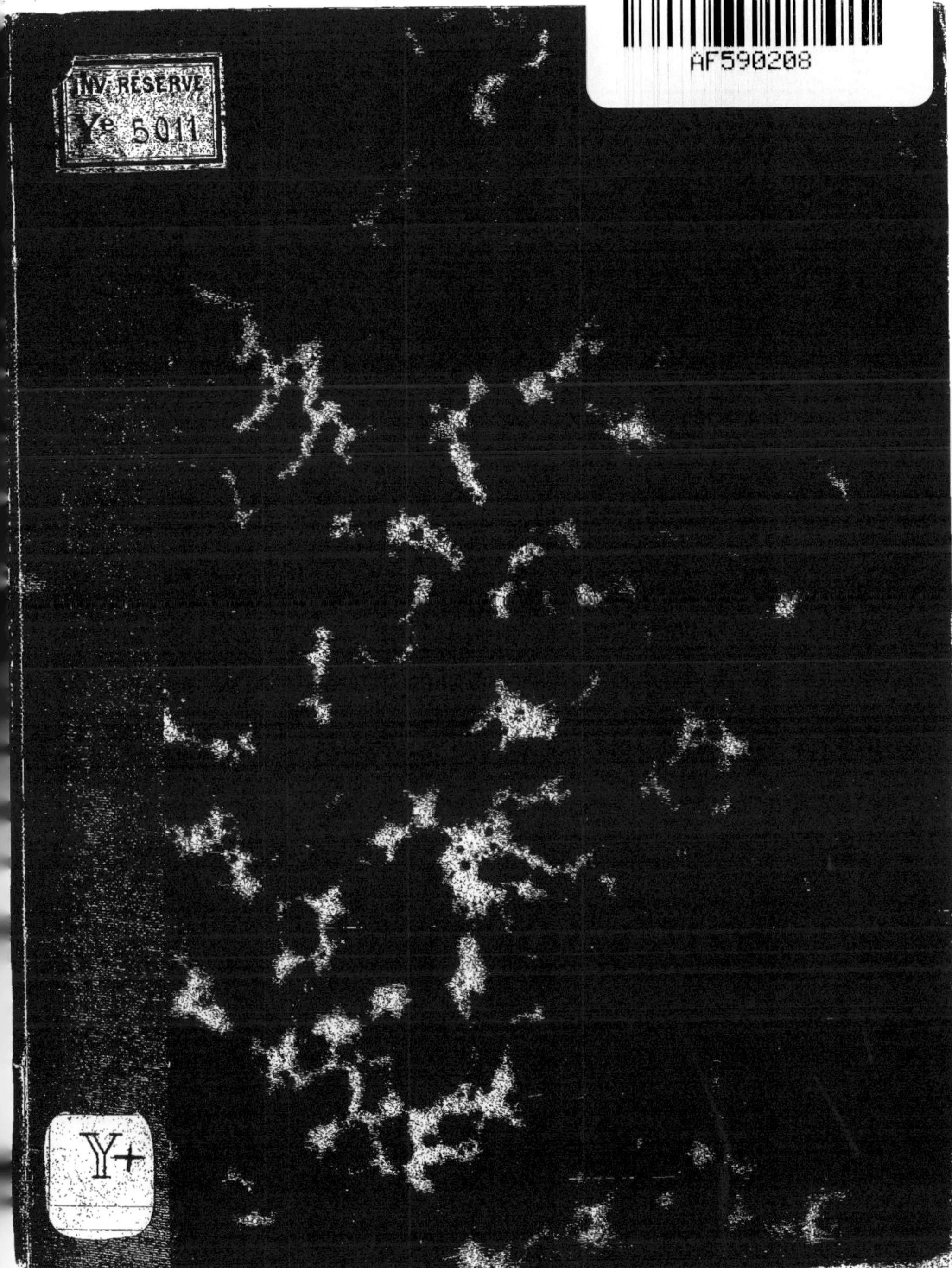
AF590208
INV RESERVE
Ye 5011
Y+

Ye 5011

Cet envoi est de la main de Voltaire

Mlle catherinne vadé a l'honneur de vous envoyer cette coyonerie feu vadé vous était tres attaché

LE PAUVRE DIABLE.

BIBLIOTHÈQUE IMPÉRIALE IMPR.

A PARIS.

1758.

LE PAUVRE DIABLE,

Ouvrage en Vers aisés, de feu Mr. VADÉ;

Mis en lumiére

Par CATHERINE VADÉ sa cousine.

Dédié

A MAITRE ABRAHAM ****.

C*Omme il est parlé de vous dans cet Ouvrage de feu mon Cousin* Vadé, *je vous le dédie. C'est mon* Vadé mecum; *vous direz sans doute*, Vadé retro; *& vous trouverez dans l'œuvre de mon Cousin plusieurs passages contre l'Etat, contre la Religion, les mœurs &c.. partant vous pouvez le dénoncer, car je préfère mon devoir à mon cousin* VADE'.

Faites l'analyse de l'ouvrage, ne manquez pas d'y répandre un filet de vinaigre, en souvenance de vôtre premier métier. J'ai des préjugés légitimes, *que vous êtes un des plus absurdes barbouilleurs de papier qui se soient jamais mêlés de raisonner; ainsi personne n'est plus en droit que vous, d'obtenir,*

tenir, par vos raisonnements & par vôtre crédit, qu'on brule ce petit poëme, comme si c'était un Mandement, ou le Nouveau Testament de frère Berruyer. *Continuez à faire honneur à vôtre siècle, ainsi que tous les personnages dont il est question dans ce Livret que je vous présente.*

CATHERINE VADÉ.

A Paris ruë Thibautaudé, chez Maître Jean Gauchat, attenant le gîte de l'auteur des Nouvelles Ecclésiastiques, 27e. Mars 1758.

LE

LE
PAUVRE DIABLE.

QUEL parti prendre? où ſuis-je, & que dois-je être?
Né dépourvu, dans la foule jetté,
Germe naiſſant par les vents emporté,
Sur quel terrain puis-je eſpérer de craître?
Comment trouver un état, un emploi?
Sur mon deſtin de grace inſtruiſez-moi.
—— Il faut s'inſtruire & ſe ſonder ſoi-même,
S'interroger, ne rien croire que ſoi,
Que ſon inſtinct; bien ſavoir ce qu'on aime;
Et ſans chercher des conſeils ſuperflus,
Prendre l'état qui vous plaira le plus.
J'aurais aimé le métier de la guerre.
Qui vous retient? allez; déja l'hiver
A diſparu; déja gronde dans l'air
L'airain bruyant, ce rival du tonnerre;
Du Duc de Broglie oſez ſuivre les pas;
Sage en projets, & vif dans les combats,
Il a tranſmis ſa valeur aux ſoldats;
Il va venger les malheurs de la France:

Sous ses drapeaux marchez dès aujourdhui,
Et méritez d'être apperçu de lui.

—— Il n'est plus tems; j'ai d'une Lieutenance
Trop vainement demandé la faveur,
Mille rivaux briguaient la préférence;
C'est une presse! En vain Mars en fureur
De la patrie a moissonné la fleur,
Plus on en tuë, & plus il s'en présente:
Ils vont trotant des bords de la Charente,
De ceux du Lot, des côteaux Champenois,
Et de Provence, & des monts Francomtois;
En botte, en guêtre, & surtout en guenille,
Tous assiégeant la porte de Crémille,
Pour obtenir des maîtres de leur sort
Un beau brevet qui les mène à la mort.
Parmi les flots de la foule empressée,
J'allai montrer ma mine embarrassée;
Mais un Commis me prenant pour un sot,
Me rit au nez, sans me répondre un mot;
Et je voulus, après cette avanture,
Me retourner vers la Magistrature.

Eh bien! la robe est un métier prudent;
Et cet air gauche, & ce front de pédant,
Pourront encor passer dans les enquêtes;
Vous verrez là de merveilleuses têtes.
Vite achetez un emploi de Caton;
Allez juger; êtes-vous riche? —— Non,

Je

Je n'ai plus rien, c'en eſt fait —— vil atôme!
Quoi! point d'argent? Et de l'ambition!
Pauvre impudent! appren qu'en ce royaume
Tous les honneurs ſont fondés ſur le bien.
L'antiquité tenait pour axiome,
Que rien n'eſt rien, que de rien ne vient rien;
Du genre humain connai quelle eſt la trempe;
Avec de l'or je te fais Préſident,
Fermier du Roi, Conſeiller, Intendant.
Tu n'as point d'aîle, & tu veux voler! rampe.
—— Hélas! Monſieur, déja je rampe aſſez.
Ce fol eſpoir qu'un moment a fait naître,
Ces vains déſirs pour jamais ſont paſſés:
Avec mon bien j'ai vû périr mon être.
Né malheureux, de la craſſe tiré,
Et dans la craſſe en un moment rentré,
A tous emplois on me ferme la porte.
Rebut du monde, errant, privé d'eſpoir,
Je me fais moine, ou gris, ou blanc, ou noir,
Raſé, barbu, chauſſé, déchaux, n'importe.
De mes erreurs déchirant le bandeau,
J'abjure tout; un cloitre eſt mon tombeau,
J'y vai deſcendre; oui, j'y cours —— imbecile,
Va donc pourrir au tombeau des vivants.
Tu crois trouver le repos, mais apprends
Que des ſoucis c'eſt l'éternel azile,
Que les ennuis en font leur domicile,

Que

Que la discorde y nourrit ses serpents;
Que ce n'est plus ce ridicule temps
Où le capuce, & la toque à trois cornes,
Le scapulaire & l'impudent cordon
Ont extorqué des hommages sans bornes.
Du vil berceau de son illusion
La France arrive à l'âge de raison;
Et les enfans de François & d'Ignace
Bien reconnus sont remis à leur place:
Nous faisons cas d'un cheval vigoureux,
Qui déployant quatre jarrets nerveux,
Frappe la terre & bondit sous son maître;
J'aime un gros bœuf, dont le pas lent & lourd,
En sillonnant un arpent dans un jour,
Forme un gueret où mes épics vont naître;
L'âne me plait, son dos porte au marché
Les fruits du champ que le rustre a béché;
Mais pour le singe, animal inutile,
Malin, gourmand, saltimbanque indocile,
Qui gâte tout & vit à nos dépens,
On l'abandonne aux laquais fainéans.
Le fier Guerrier, dans la Saxe en Thuringe,
C'est le cheval: un * Pequet, un ** Pleneuf,
Un trafiquant, un commis est le bœuf,

Le

* Premier commis, grand travailleur.

** Intendant des vivres, grand travailleur aussi.

Le peuple eſt l'âne, & le moine eſt le ſinge.
S'il eſt ainſi, je me décloître. O Ciel!
Faut-il rentrer dans mon état cruel!
Faut-il me rendre à ma première vie!
Quelle était donc cette vie? —— un Enfer,
Un piége affreux tendu par Lucifer.
J'étais ſans biens, ſans métier, ſans génie,
Et j'avais lû quelques méchans auteurs;
Mordu du chien de la métromanie,
Le mal me prit, je fus auteur auſſi.
—— Ce métier-là ne t'a pas réuſſi,
Je le vois trop; ça, fai-moi, pauvre Diable,
De ton déſaſtre un récit véritable;
Que faiſais-tu ſur le Parnaſſe? —— hélas!
Dans mon grenier entre deux ſâles draps,
Je célébrais les faveurs de Glicére,
De qui jamais n'approcha ma miſére;
Ma triſte voix chantait d'un goſier ſec
Le vin mouſſeux, le Frontignan, le Grec,
Buvant de l'eau dans un vieux pot à biére;
Faute de bas paſſant le jour au lit,
Sans couverture, ainſi que ſans habit,
Je fredonnais des vers ſur la pareſſe,
D'après Chaulieu je vantais la molleſſe.
Enfin un jour qu'un ſurtout emprunté
Vétit à crû ma triſte nudité,
Après midi, dans l'antre de Procope,

(C'était le jour que l'on donnait Mérope)
Seul dans un coin, penſif & conſterné,
Rimant une Ode, & n'ayant point diné,
Je m'accoſtai d'un homme à lourde mine,
Qui ſur ſa plume a fondé ſa cuiſine,
Grand écumeur des bourbiers d'Hélicon,
De Loyola chaſſé pour ſes fredaines,
Vermiſſeau né du cu de Des Fontaines,
Digne en tout ſens de ſon extraction,
Lâche Zoïle, autrefois laid Giton.
Cet animal ſe nommait Jean Fréron.
J'étais tout neuf, j'étais jeune, ſincère,
Et j'ignorais ſon naturel félon;
Je m'engageai ſous l'eſpoir d'un ſalaire,
A travailler à ſon hebdomadaire,
Qu'aucuns nommaient alors patibulaire.
Il m'enſeigna comment on dépéçait
Un livre entier, comme on le recouſait,
Comme on jugeait du tout par la préface,
Comme on louait un ſot auteur en place,
Comme on fondait avec lourde roideur
Sur l'écrivain pauvre & ſans protecteur.
Je m'enrôlai, je ſervis le Corſaire;
Je critiquai, ſans eſprit & ſans choix;
Et je mentis pour dix écus par mois.

Quel fut le prix de ma plate manie?
Je fus connu, mais par mon infamie,

Comme

Comme un gredin que la main de Thémis
A diapré de nobles fleurs de lys,
Par un fer chaud, gravé ſur l'omoplate.
Triſte & honteux, je quittai mon pirate,
Qui me vola, pour fruit de mon labeur,
Mon honoraire en me parlant d'honneur.

M'étant ainſi ſauvé de ſa boutique,
Et n'étant plus compagnon ſatirique,
Manquant de tout dans mon chagrin poignant,
J'allai trouver le Franc de Pompignan
Ainſi que moi natif de Montauban,
Lequel jadis a brodé quelque phraſe
Sur la Didon qui fut de Métaſtaſe;
Je lui contai tous les tours du croquant;
Mon cher pays, ſecourez moi, lui dis-je,
Fréron me vole; & pauvreté m'afflige.

De ce bourbier vos pas ſeront tirés;
Dit Pompignan, votre dur cas me touche;
Tenez, prenez mes cantiques ſacrés;
Sacrés ils ſont, car perſonne n'y touche;
Avec le temps un jour vous les vendrez:
Plus, acceptez mon chef-d'œuvre tragique
De Zoraïd; la ſcène eſt en Afrique;
A la Clairon vous le préſenterez;
C'eſt un tréſor, allez & proſpérez.

Tout ranimé par ſon ton didactique,
Je cours en hâte au Parlement comique,

Bureau de vers, où maint auteur pelé
Vend mainte ſcène à maint acteur ſifflé.
J'entre, je lis d'une voix fauſſe & grêle
Le triſte Drame écrit pour la Denêle.
Dieu paternel, quels dédains, quel accueil!
De quelle œillade altiére, impérieuſe,
La Dumenil rabattit mon orgueil!
La d'Angeville eſt plaiſante & moqueuſe;
Elle riait; Grandval me regardait
D'un air de Prince, & Sarrazin dormait;
Et renvoyé penaut par la cohuë,
J'allai gronder & pleurer dans la ruë.

De vers, de proſe & de honte étouffé,
Je rencontrai Greſſet dans un Caffé,
Greſſet doüé du double privilége
D'être au Collége un bel eſprit mondain,
Et dans le monde un homme de Collége;
Greſſet dévot; longtemps petit badin,
Sanctifié par ſes palinodies,
Il prétendait avec componction
Qu'il avait fait jadis des Comédies,
Dont à la vierge il demandait pardon.
—— Greſſet ſe trompe, il n'eſt pas ſi coupable.
Un vers heureux & d'un tour agréable
Ne ſuffit pas; il faut une action,
De l'intérêt, du comique, une fable,
Des mœurs du temps un portrait véritable,

Pour

Pour consommer cette œuvre du Démon.
Mais que fit-il dans ton affliction ?
—— Il me donna les conseils les plus sages ;
Quittez, dit-il, les profanes ouvrages ;
Faites des vers moraux contre l'amour,
Soyez dévot, montrez vous à la cour.

Je crois mon homme, & je vais à Versaille ;
Maudit voyage ! hélas chacun se raille
En ce pays d'un pauvre auteur moral,
Dans l'antichambre il est reçu bien mal,
Et les laquais insultent sa figure,
Par un mépris pire encor que l'injure.
Plus que jamais confus, humilié,
Devers Paris je m'en revins à pié.

L'Abbé Trublet alors avait la rage
D'être à Paris un petit personnage,
Au peu d'esprit que le bon homme avait
L'esprit d'autrui par suplément servait ;
Il entassait adage sur adage ;
Il compilait, compilait, compilait,
On le voyait sans cesse écrire, écrire,
Ce qu'il avait jadis entendu dire ;
Et nous lassait sans jamais se lasser ;
Il me choisit pour l'aider à penser.
Trois mois entiers ensemble nous pensames,
Lumes beaucoup, & rien n'imaginames.
L'Abbé Trublet m'avait pétrifié ;

 Mais

Mais un bâtard du fieur de la Chauffée
Vint ranimer ma cervelle épuifée ;
Et tous les deux nous fimes par moitié
Un Drame court & non vérfifié,
Dans le grand goût du larmoyant comique,
Roman moral, roman métaphifique.

—— Eh bien, mon fils, je ne te blâme pas ;
Il eft bien vrai que je fais peu de cas
De ce faux genre, & j'aime affez qu'on rie ;
Souvent je bâille au tragique bourgeois,
Aux vains efforts d'un Auteur amphibie,
Qui défigure & qui brave à la fois
Dans fon jargon Melpoméne & Thalie.
Mais après tout, dans une Comédie,
On peut par fois fe rendre intéreffant,
En empruntant l'art de la tragédie,
Quand par malheur on n'eft point né plaifant.
Fus-tu joué ? ton Drame hétéroclite
Eut-il l'honneur d'un peu de réuffite ?

—— Je cabalai, je fis tant qu'à la fin
Je comparus au tripot d'Arlequin.
Je fus hué : ce dernier coup de grace
M'allait fans vie étendre fur la place ;
On me porta dans un logis voifin,
Prêt d'expirer de douleur & de faim,
Les yeux tournés, & plus froid que ma piéce.
—— Le pauvre enfant ! fon malheur m'intéreffe ;

Il eſt naïf! Allons, pourſui le fil
De tes récits: ce logis quel eſt-il?
—— Cette maiſon d'une nouvelle eſpéce,
Où je reſtai longtems inanimé,
Etait un antre, un repaire enfumé,
Où s'aſſemblaient ſix fois en deux ſemaines
Un reſte impur de ces énerguménes,
De Saint Médard effrontés charlatans,
Trompeurs, trompés, monſtres de nôtre temps.
Miſſel en main la cohorte infernale
Pſalmodiait en ce lieu de ſcandale,
Et s'exerçait à des contorſions,
Qui feraient peur aux plus hardis Démons.
Leurs hurlemens en ſurſaut m'éveillèrent;
Dans mon cerveau mes eſprits remontèrent;
Je ſoulevai mon corps ſur mon grabat,
Et m'aviſai que j'étais au ſabat.
Un gros Rabin de cette ſinagogue,
Que j'avais vu ci-devant pédagogue,
Me reconnut; le bouc s'imagina
Qu'avec ſes ſaints je m'étais couché là.
Je lui contai ma honte & ma détreſſe.
Maître Abraham après cinq ou ſix mots
De compliment, me tint ce beau propos:
» J'ai comme toi croupi dans la baſſeſſe,
» Et c'eſt le lot des trois quarts des humains;
» Mais notre ſort eſt toûjours dans nos mains;

» Je

» Je me suis fait Auteur, disant la Messe.
» Persécuteur, délateur, espion;
» Chez les dévots je forme des cabales;
» Je cours, j'écris, j'invente des scandales;
» Pour les combattre & pour me faire un nom,
» Pieusement semant la zizanie,
» Et l'arrosant d'un peu de calomnie;
» Imite moi, mon art est assez bon;
» Sui comme moi les méchants à la piste;
» Crie à l'impie, à l'athée, au déiste,
» Au Géomètre; & surtout prouve bien
» Qu'un bel esprit ne peut être Chrétien:
» Du rigorisme embouche la trompette;
» Sois hipocrite, & ta fortune est faite.

A ce discours saisi d'émotion,
Le cœur encor aigri de ma disgrace,
Je répondis en lui couvrant la face
De mes cinq doigts; & la troupe en besace,
Qui fut témoin de ma vive action,
Crut que c'était une convulsion.
A la faveur de cette opinion
Je m'esquivai de l'antre de Mégère.
—— C'est fort bien fait, si ta tête est légère,
Je m'apperçois que ton cœur est fort bon.
Où courus-tu présenter ta misère?
—— Las! où courir dans mon destin maudit!

N'ayant

N'ayant ni pain, ni gîte, ni crédit,
Je résolus de finir ma carriére,
Ainsi qu'ont fait, au fond de la riviére,
Des gens de bien, lesquels n'en ont rien dit.
O changement! ô fortune bizarre!
J'apprends soudain qu'un oncle trépassé,
Vieux Janséniste & Docteur de Navarre,
Des vieux Docteurs certes le plus avare,
Ab intestat malgré lui m'a laissé
D'argent comptant un immense héritage.
Bientot changeant de mœurs & de langage,
Je me décrasse; & m'étant dérobé
A cette fange où j'étais embourbé,
Je prens mon vol; je m'éléve, je plane;
Je veux tâter des plus brillants emplois,
Etre Officier, signaler mes exploits,
Puis de Thémis endosser la soutane,
Et moyennant vingt mille écus tournois,
Etre appellé le tuteur de nos Rois.
J'ai des amis, je leur fais grande chére;
J'ai de l'esprit alors! & tous mes vers
Ont comme moi l'heureux talent de plaire;
Je suis aimé des Dames que je sers.
Pour compléter tant d'agrémens divers,
On me propose un très bon mariage;
Mais les conseils de mes nouveaux amis,
Un grain d'amour ou de libertinage,

La vanité, le bon air, tout m'engage
Dans les filets de certaine Laïs,
Que Belzébut fit naitre en mon pays,
Et qui depuis a brillé dans Paris.
Elle dansait à ce tripot lubrique,
Que de l'Eglise un Ministre impudique
(Dont Marion * fut servie assez mal,)
Fit élever près du Palais Royal.
Avec éclat j'entretins donc ma belle
Croyant l'aimer, croyant être aimé d'elle,
Je prodiguais les vers & les bijoux:
Billets de change étaient mes billets doux:
Je conduisais ma Laïs triomphante
Les soirs d'Eté, dans la lice éclatante
De ce rempart, azile des amours
Par § Outrequin rafraichi tous les jours,
Quel beau vernis brillait sur sa voiture!
Un petit peigne orné de diamants
De son chignon surmontait la parure;
L'Inde à grands frais tissut ses vêtements,
L'argent brillait dans la cuvette ovale
Où sa peau blanche & ferme autant qu'égale,
S'embellissait dans des eaux de Jasmin.
A son souper un surtout de Germain
Et trente plats chargaient sa table ronde

Des

* Marion Delorme fille très-respectée en son temps.

§ Mr. Outrequin qui fait arroser le rempart fort proprement.

Des doux tributs des forêts & de l'onde.
Je voulus vivre en fermier général;
Que voulez-vous, hélas! que je vous dise?
Je payai cher ma brillante sottise,
En quatre mois je fus à l'Hôpital.

Voilà mon sort, il faut que je l'avouë.
Conseillez moi. —— Mon ami, je te louë
D'avoir enfin déduit sans vanité
Ton cas honteux & dit la vérité;
Prête l'oreille à mes avis fidelles.
Jadis l'Egypte eut moins de sauterelles
Que l'on ne voit aujourd'hui dans Paris
De malotrus, soi disant beaux esprits,
Qui dissertant sur les pièces nouvelles,
En font encor de plus sifflabes qu'elles.
Tous l'un de l'autre ennemis obstinés,
Sifflés, Sifflans, chansonneurs, chansonnés,
Nourris de vent au Temple de mémoire,
Peuple crotté qui dispense la gloire.
J'estime plus ces honnêtes enfans,
Qui de Savoye arrivent tous les ans,
Et dont la main légérement essuie
Ces longs canaux engorgés par la suie.
J'estime plus celle qui dans un coin
Tricote en paix le bas dont j'ai besoin,
Le cordonnier qui vient de ma chaussure
Prendre à genoux la forme & la mesure,

Que le métier de tes obfcurs Frérons.
Maître Abraham, & fes vils compagnons,
Sont une efpèce encor plus odieufe.
Quant aux Catins, j'en fais affez de cas;
Leur art eft doux, & leur vie eft joyeufe;
Si quelquefois leurs dangereux appas
A l'hôpital ménent un pauvre Diable,
Un grand benêt qui fait l'homme agréable,
Je leur pardonne, il l'a bien mérité.

Ecoute, il faut avoir un pofte honnête;
Les beaux projets dont tu fus tourmenté,
Ne troublent plus ta ridicule tête;
Tu ne veux plus devenir Confeiller,
Dans mon logis il me manque un portier;
Pren ton parti; répon-moi, veux-tu l'être?
Oui-da, Monfieur. —— Quatre fois dix écus
Seront par an ton falaire, & de plus,
D'affez bon vin chaque jour une pinte
Rajuftera ton cerveau qui te tinte;
Va dans ta loge; & fur-tout, garde toi
Qu'aucun Fréron n'entre jamais chez moi.

—— J'obéirai fans replique à mon maître,
En bon Portier; mais en fecret, peut-être,
J'aurais choifi dans mon fort malheureux,
D'être plutôt le Portier des Chartreux.

FIN.

BIBLIOTHÈQUE IMPÉRIALE IMPR.

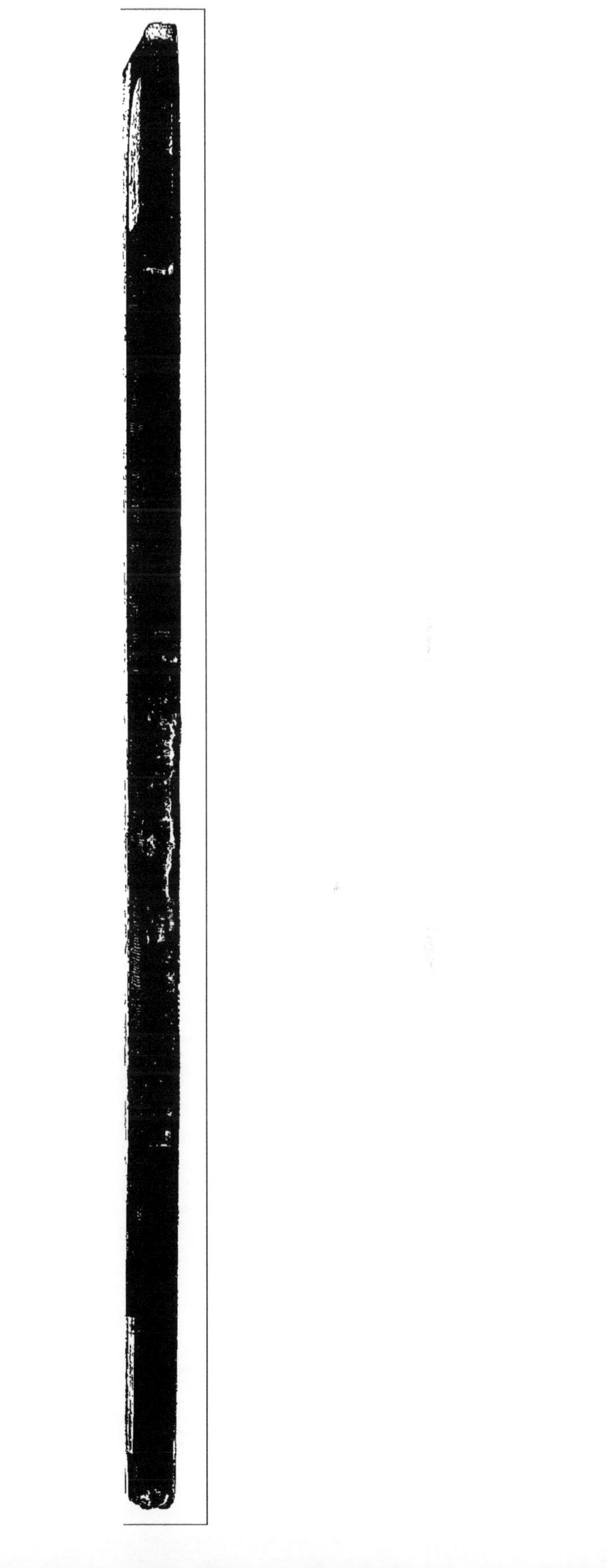

www.ingramcontent.com/pod-product-compliance
Ingram Content Group UK Ltd.
Pitfield, Milton Keynes, MK11 3LW, UK
UKHW020408250726
13967UKWH00006B/2529